一頁 folio

始 于 一 页 ， 抵 达 世 界

让我独自一人

爱的剖析

[法] 玛塞勒·索瓦若 著
唐洋洋 译

GUANGXI NORMAL UNIVERSITY PRESS
广西师范大学出版社
·桂林·

图书在版编目(CIP)数据

让我独自一人：爱的剖析 / (法) 玛塞勒·索瓦若著；唐洋洋译. -- 桂林：广西师范大学出版社, 2021.7（2021.10重印）

ISBN 978-7-5598-3800-1

Ⅰ. ①让… Ⅱ. ①玛… ②唐… Ⅲ. ①书信集－法国－现代 Ⅳ. ①I565.65

中国版本图书馆CIP数据核字(2021)第089690号

RANG WO DUZI YI REN: AI DE POUXI

让我独自一人：爱的剖析

作　　者：（法）玛塞勒·索瓦若

责任编辑：黄安然

特约编辑：苏　骏

装帧设计：山　川

内文制作：山　川

广西师范大学出版社出版发行

广西桂林市五里店路 9 号　邮政编码：541004

网址：www.bbtpress.com

出版人：黄轩庄

全国新华书店经销

发行热线：010-64284815

北京中科印刷有限公司印刷

开本：787mm × 1092mm　1/32

印张：3.625　　字数：37千字

2021年7月第1版　2021年10月第2次印刷

定价：36.00元

目 录

导 读

在一个躺平的时代，我们还需要站着爱吗？

袁筱一

i

1930 年 11 月 7 日

05

1930 年 12 月 10 日

15

1930 年 12 月 14 日

27

1930 年 12 月 24 日

75

导读

在一个躺平的时代，我们还需要站着爱吗？

袁筱一

一

有一点魔幻。正值一年一度的“520”，在某个培训班上，讲互联网的老师正充满激情地谈着“数字化城市”的未来；手机的朋友圈里一边是关于“躺平的时代”的热烈讨论，一边是各种各样的“520”商家文案；而我，在众声喧哗中读完了玛塞勒·索瓦若的《让我独自一人》。

在二十世纪法国文学史上，一般是找不到索瓦若的名字的，因为这是索瓦若唯一的作品。她于1900年出生，1934年罹患肺结核去世，其中差不多五年的时间都辗转在各家疗养院里，还没有来得及真正进入文学圈。有限的一点资料在不长的篇幅里就能说尽：二十世纪上半叶一个外省的中学老师，因为得了肺结核，后来不得不在疗养院休养，但是在住进疗养院的同时，遭遇了“被分手”，于是写下了这一部《让我独自一人》。确切地说，它并不是小说，而是四封从 11 月到圣诞节前夜断断续续的“书信”——说是“书信”，只是因为它采取了书信的形式，而信中的“倾诉对象”正是让她遭受爱情打击的那个人。但同时，它也不是真正意义上的信，因为她写下这几封所谓的信，并没有打算寄出去。因为这绝非她用来“挽回”爱情的祈求。

幸而索瓦若已经有半只脚跨进了文学圈，使得《让我独自一人》最终没有被埋没。她在巴黎准备大中教师资格考试的时候，交往了一众朋友，包括在那个时代显得极为先锋的超现实主义小群体。因为生病，也因为还保留些许古典的趣味，她最终并没有在超现实主义的标签下“出圈”;但就在她住在疗养院里,写下《让我独自一人》的时候,通过朋友勒内·克勒韦尔(René Crevel),她还能时不时听到一些有关超现实主义小团体的纷纷扰扰吵吵闹闹。理解了这种关联,我们也就不难理解《让我独自一人》中体现出来的对自由的执着和略显现代派的叙事手法。

因而《让我独自一人》没有遭受被遗弃的命运——尽管它来自“被分手”的疼痛。初版只印了163册,在朋友圈内阅读,可过了一些时日,作者在弥留之际住进瑞士达沃斯的疗养院时,再版就已经在酝酿之中了。索瓦若的朋友说服了批评家杜波(Du Bos)为知识出版社的这个版本作序,杜波甚至还去了索瓦若当时所在的疗养院,把自己写的序言读给她听。达沃斯的肺结核疗养院里收留过很多文学家,早期有英国的罗伯特·路易斯·史蒂文森（Robert Louis Stevenson），稍晚一点有法国超现实主义诗人保罗·艾吕雅（Paul Eluard），还有因为陪同患肺结核的妻子治疗的托马斯·曼（Thomas Mann）。《魔山》里弥漫着的忧伤的死亡气味，或许也算是给索瓦若的《让我独自一人》提供了某种意义上的注解吧，虽然索瓦若写下它的时候还没有住进达沃斯。

索瓦若在杜波探访过后不久便去世了，并没有看到自己的书再版。从1933年的初版到2004年的最新一版，间隔了有七十年的时间。有意思的是，如果说索瓦若并没有进入文学史，这一部薄薄的、来自一个也算是默默无闻的——相较于波澜壮阔的法国文学史而言——"小女人"的，甚至还带有一点私密性的作品并没有完全坠入遗忘之中。自初版之后，七十年里又分别在1934年、1936年、1943年、1986年、1997年出过五个版本，书名都沿用了初版时的“Commentaire”——直译过来就是“评注”，或者，如果针对的不是另一本书，而是某个事件，也可以对应汉语中的“记”，算是一种“心得”——只是在1943年和1997年的版本中都加上了副标题：1943年的版本加的副标题是“重现的纸页”，1997年的版本加的副标题是“逝去的爱情”。的确，严格意义上来说“评注”并不能算是书名，它似乎更像是一个文本的品类：例如安托瓦纳·贝尔曼（Antoine Berman）的《翻译的时代》就是对本雅明《译者的任务》的“评注”，他也的确在封面上标明了“un commentaire”。而恺撒的《高卢战记》用的也是“commentaire”一词，是记述，也是回溯，是解析，也是思考。2004

年出版的版本不再沿用抽象的“commentaire”，而是选择了“Laissez-moi”（让我独自一人），将“commentaire”用作了副标题（在这一版的翻译中，被译作《爱的剖析》）。2004 年的新版在当年就卖出了六万册，似乎和开始不屑于爱情的新世纪的主旋律有些不甚相符。

的确，“评注”或者心得，究竟意味着什么呢？意味着一个在爱情面前退后一步的女人，审视爱情结束前的过程。因为拉开了距离——当索瓦若在 1930 年 11 月 7 日这封信的结尾处写道，“明天我会给你写信，我不能再用‘你’这个称呼，我会给你写信，但无法向你说出我在心里向你吐露的一切”，这个距离就已经真实无误地展现在我们面前了——所以能够看清爱情，看清爱情中的（或者说爱情行将结束之际的）男人和女人。

二

看清爱情中的男人和女人之后，索瓦若得出的结论是：让我独自一人。让我独自一人是在两个层面上的宣告：第一个层面是爱情不再，“我”选择有尊严地独自一人，回顾并且正视自己的爱情，否则“我”曾经的爱情就失去了它全部的价值；第二个层面是，作为女性，而且是身患重病的女性，“我”依然有权利、也有能力选择独自一人。

和所谓的情书不同的是，《让我独自一人》并没有呈现两个男女具体的恩怨情仇。没有故事，因而也没有真正意义上的男女主人公和人物。“评注”中的“你”、“您”和“我”都没有身份。除了间或闪现的“疗养院”“咳嗽声”“凡尔赛”让读者能够把书中的“我”和生活中的索瓦若联系起来，便再也没有其他与真实生活和真实经历的确切关联。而事实上，即便这些或许能够追寻的蛛丝马迹指向一个具体的人，指向一桩具体的爱与不爱，它们背后的具体指向说到底也是没有意义的。究竟是谁，是哪个“学院”里的哪个男人曾经爱过那个叫作玛塞勒·索瓦若的女人？又究竟为什么就暧昧地不爱了，写了信去，说是要和另一个女人结婚，说“我们依然是朋友”，这一切其实都不重要。

重要的只是要知道，为什么几乎所有的男人女人，在不爱了之后，都要冠冕堂皇地说，我们依然是朋友；是要知道，在爱情的迷雾褪去之后，清醒的女人看到的，是一个失去了光环的男人的样子。不是谩骂，不是怨怼，不是反击，而是简简单单的“认识”二字。当索瓦若说，“我很愿意失去理智，但也愿意把握失去理智的那一刻，不断探索意识的边界，直至失去意识。不应该缺席自己的幸福”时，我们不会怀疑自己是停留在她对于“失去理智的那一刻”的把握之中。

世间“情”之一字，之所以迷人，大约就是因为即便从所有的情事之中抽离所谓的共同规律——在今天的大数据时代，未必是不可能的事情——都不足以提供任何可供借鉴的经验与警示。它会在不同的情势下、不同的男女间转化为不同的样态。我们热衷于描述它，无非也就是想知道，人与人之间是否有为彼此提供幸福的可能，以及这脆弱的幸福是如何破灭的。不是吗？如果没有幸福的体验，甚至，如果爱情只是满足生理上盲目而非理性的需求，人们又究竟为什么要去爱呢？我们有一万种更为便捷的途径能够得到满足。爱情当中有人，有人的主体存在，有受到语言规定、反过来又影响语言进而影响爱情的爱的经验，于是爱情便成为从真实世界到想象世界的往复循环，成为两个世界互相满足和丰盈的道路。

回忆也是想象世界的一部分，于是爱情，或者幸福，都属于过去式，属于回忆。索瓦若告诉我们，幸福就像是一种香味，“如果我们喜欢一种香味，就会尽力留住它，追寻它；我们不会任由自己陶醉其中，对它进行分析，渐渐沉浸其中，以至只能通过回忆，唤醒身体对它的感觉；当香味再次出现，我们会更缓慢、更轻柔地呼吸它，感受着最为微妙的气息”。同样的意思，普鲁斯特的《追忆似水年华》里也有，有时它被概括成简单的一句话，比如“生命只是一连串孤立的片刻，靠着回忆和幻想，很多意义浮现了，然后消失，消失之后又浮现”；有时它会形成一个永恒的场景，比如著名的小玛德莱娜蛋糕。但是《让我独自一人》决计不会像《追忆似水年华》一般有着用回忆的方式道尽人生的野心。它基本只关乎爱情。

所以它还是让我们看清楚了爱情里的一些小游戏、小欺骗。这一切在爱情不再的时候都清晰地浮现了出来。难道女性真的就是在爱情中目盲吗？非也，爱情中的目盲也只是选择性无视而已。现在睁开眼睛倒回头去看那时的“你”，就能清楚地看到“你”的真实模样：“你嘴唇微微上翘，露出略显发黑的牙齿，脑袋整个往前伸。你在阐述刚刚发现的高明见解时，或者想出了什么办法、把别人以为的奇思妙想贬低为平庸之见时，就会摆出这副神态。”然而尽管“我”很清楚这一点，“我”相信，爱情真正的价值并非在于爱上完美，成为完美，而是“通过缺点和不足，进入爱人的心灵，那颗常常因为效仿众人而被湮没的灵魂”。

《让我独自一人》应该也是凭借这种不乏理智的剖白而吸引了二十世纪三十年代最优秀的思想家的注意的吧。瓦莱里（Paul Valéry）认为它“展现了一种非同一般的精神生活，以一种奇特的、离开自己去看自己的方式”；克洛岱尔（Paul Claudel）也认为它“几乎可以说是女性写作的代表之一”；而当时名噪一时的右翼作家布拉西亚克（Robert Brasillach）也注意到了这本小册子，他不吝赞美地评价道：“所有喜欢真实与简单的小叙事的人都会喜欢上……这部如此丰满的作品，因为，无论如何，这首先是一部值得爱、关于爱的作品。”

但除了爱，还有尊严。女性的尊严。《让

我独自一人》并不避讳女性的视角，甚至多少带着俏皮地说，“您信里的很多句子，唤醒了我这些‘女权主义’的想法”。的确，似乎无论在哪个时代，无论处在哪种文化中，天下的男人都很难明白一个道理，那就是即便女人欢欢喜喜地说上或是写上一句“见了他，她变得很低很低，低到尘埃里”，也不过是女人自己选择的一种姿态而已，何况这样给自己找点乐趣的情话，又怎么能是一个真的“低到尘埃里”的女人写得出来的？若有一日，要把这样的女人逼得淡眉淡眼地再说上一句“那我是不爱了”，尽管在公开场合不会刻薄心里本来就看了个通透的男人，但心里未必不会拿出二人之间的智力差异来还自己一个独立的人格。所以张爱玲可以在分手后对落魄的胡兰成从经济上施以援手，而索瓦若也可以在“被分手”之后，要求对方归还自己的照片，并且泰然自若地说：“但这不是因为爱您，是因为我还想丰富自己，因为我不愿毁灭自己变成别人喜欢的样子，不想再去提升自己，只是沉浸在爱人幼稚的爱慕里，任由他摆布。”

克拉拉·马尔罗（Clara Malraux）对此有精到的评价，她认为这一剖白“本该在女性文学史上具有划时代的意义……是第一部由一个不驯服的女人写成的书；如男性目光一般准确，目光所及，亦敌亦友，没有分毫奴性。……是一部带着简洁的忧伤的书，直面死亡，直面装出一副权威态度的男性的弱点，一部充满尊严的书”。

三

《让我独自一人》写于二十世纪三十年代初，至今将近一个世纪。

三十年代初，法国还没有完全被拖入战争的旋涡，但是新一代的小说家已经感受到了危机的临近。超现实主义、塞利纳、马尔罗，等等，尽管是以不同的方式，但都宣告了和瓦莱里、纪德、普鲁斯特等上一代人的决裂，他们的作品显然更关注社会现实而不是文学现实。

看得出来，肺结核就像是一道特殊的屏障，既将索瓦若与喧嚣的生活隔离开来，也将她隔离在本应该属于她这一代人的写作之外，使得索瓦若的写作在某种程度上还停留在两代人的中间地带：她既不赞成后一代人对危机过分夸大，面对真正的、个体意义上的死亡——虽然超现实主义或者荒诞派笔下具有夸张意味的死亡很快就在战争中变成了现实——也没有就此停留在前一代人的文学自恋之中。形式的革新在索瓦若笔下没有任何故意为之的痕迹：例如不同人称叙事的交织使用，梦境与现实的出入自由；而作为主题的爱情在这里成了一个进入自己内心世界的入口，最关键的仍然是两千多年以前就刻在阿波罗神庙上的那句箴言：认识你自己。

这也许是过去了将近一个世纪的时间，《让我独自一人》仍然没有失去价值的原因之一吧。在这将近一个世纪的时间里，发生了很多事情，除了残酷的战争以外，应该都是索瓦若没有看见、也无法预见的。链霉素的发明，使得肺结核早就不再是轻易就能夺去生命从而也夺去爱情的“白色瘟疫”。战争爆发了，又结束了。但是，永远不会有一劳永逸的结束，人类还是一次次因为同样的贪婪，将自己裹挟进任何性质的秩序都解决不了的灾难里。人类战胜了一个又一个的灾难，又亲手炮制了一个又一个的灾难。在将近一个世纪之后的今天，以为自己已经无比强大的人类万万没料到的是，另一种侵袭肺部的“瘟疫”会猝不及防地跳出来，警告人类，你离“认识你自己”还相距甚远。

我们不用再重复什么“神的惩罚”之类的不着边际的废话。索瓦若在留下的不多的文字里也奇怪地做出了某种具有象征意义的回答。在对《最后的晚餐》的评论中，她谈到自己对这幅画作的不喜，掺杂着奇怪的忧伤：

> 他（耶稣）的微笑与眼神流露出幻灭。他刚说完牺牲与赎罪的妙言：“你们拿去吃

吧，这是我的身体。”“你们拿去喝吧，这是我的血。”他感到孤独，因为他知道没有人真的听懂。……他眼睛低垂，没看向任何人，而是不满希望消失后的虚空：他面容疲倦、苦涩，像是失去了信仰。在这里我们感受不到上帝的存在：祂缺席了。祂应当来这里，给其子以信心，给人类以光明，帮助他们理解自己，或只是相信自己。然而上帝留在了天堂，在窗外隐隐一抹天空之上。

来到人间的是耶稣，他孤身一人。[1]

没有神能够指引我们，无论归根结底是谁的子民，人类注定是孤独的。这是索瓦若在《最后的晚餐》里读到的信息，

[1] 引自《最后的晚餐》，见《我选择独自一人》，玛塞尔·索瓦热奥著，陈觅译，新星出版社，2018年。

也是她从“被分手”的爱情中得出的结论，又何尝不是人类在历经灾难之后可能得出的普遍适用的结论！然而也正因如此，我们可以从另一个角度来解读《让我独自一人》：人类终将孤独的结论并不妨碍我们用尽一切气力找寻不孤独的可能，哪怕只是暂时的。这应该就是索瓦若提到那则日本传说时所想到的吧。她说：

> 一则日本传说声称，在人出生时，月亮会用一条红丝带把将来要结合的男女的脚系在一起。在生活中，这条丝带是看不见的，但是这两个人会互相寻找，如果找到了，那么属于他们的幸福就会降临大地；也有找不到的人，那么他们的生活就会充满忧虑，凄惨地死去：对他们而言，幸福只能在另一个世界开始，那时他们会看到

红丝带系住的是谁。我不知道我能不能在这个世界上找到系住我的丝带；我觉得这个传说跟所有的传说一样，给了我们诗意的安慰。

诗意的安慰。所以，哪怕躺平的时代终将到来，也让我们站着爱吧，因为只要我们还活着，我们就需要安慰，需要确立有尊严的、不孤独的存在。女人在爱情中索取的尊严也许更接近人类的尊严的本质。也是在这个意义上，尽管已经有了译本，“一页”还是出了这个新的译本。我相信，复数的“独自一人”是对这份尊严的致敬。

2020年5月20日于上海

LAISSEZ-MOI *(Commentaire)*

Marcelle Sauvageot

Si tu m'aimes,
je guérirai.

如果你爱我，我将痊愈。

1930年11月7日

“你将这视作爱的证明，不是吗？”火车的节奏无休无止地强调着这句话。我感到冷；我蜷缩在角落，想睡觉。“真冷啊！”“为什么这列火车要开走？”做了蠢事之后的焦虑，攫住了我的喉咙；我告别了脆弱的幸福，回到这座疗养院；真是愚蠢。这几个星期里，我得到了一点点幸福；作为抵偿，我可能要承受深深的痛苦。

“你将这视作爱的证明，不是吗？”我仿佛又看到了昨夜跟我说出这句话时，你那张愁眉不展的脸。影像重重叠叠，我仿佛又看到你把脸紧贴在我脸上，眼里噙着热泪，对我说：“嫁给我吧，虽然您会背叛我……”我曾希望这一幕再度上演，这样我就可以亲吻你的脑袋，说出：“我不会背叛您。”但往事不再重来；而这句话，我应该也不会宣之于口，因为我不知道该何时说，用什么语气说。我太过激动，得强硬起来，才能不被情绪裹挟。怎样才能在情绪产生的那一刻，让别人感知它的震撼？伴着这句轻柔而又抚慰人心的话入睡吧：“你将这视作爱的证明，不是吗？”我向你抛去飞吻。如果你爱我，我将痊愈。

待我痊愈，你将看到一切都会变好。既然你已不在身边，我更想用“你”这个称呼。我没有这个习惯，也自认没有这个权利：那太美妙了。你觉得有朝一日我可以直呼“你”吗？待我痊愈，你就不会觉得我脾气差了。我病了。你对我说，病人会尽量温和地对待身边的人；

你给我列举了一些典范。我不喜欢你教训人的样子；我见了就想打哈欠，而且，如果你指责我，说明你没那么爱我了：你拿我跟别人比较。病人的确温和，但我已精疲力竭；我要活下去，要对不理解的人说“谢谢”，这耗尽了我的力气。可是你呢，你需要一句“谢谢”吗？你不理解，是因为你不知道。我曾问你，如果你连续一星期无法安睡，会是什么心情？你回答说你从未遇到这种情况，但恐怕不会舒服。你显然不理解。此外我还知道：我们在乡下的时候，你并不高兴；你更想去巴黎，你的女友在那里。所以你急于离开，觉得我惹人烦。你看，这一次事情的发展又违背了我的心愿：我以为让你来，你会高兴的。在巴黎的时候，你要和气得多……而且你也觉得我和气得多，因为她在那里。你不喜欢病人。我觉得，你应该会赞成把病人关起来，把他们消灭。你得自己生病才会明白。

“你将这视作爱的证明，不是吗？”对这句话，该作何感想？我知道你不爱我了。为了避免说出那句“我爱您！”,你到了好笑的程度。你不会对我做出任何承诺。但对独自远去的我来说，如果能信心满满地沉浸在你的爱意里，该有多么美好。我需要你的爱；待我痊愈归来，我希望重获你的爱。相信有个人还在继续爱着你，等待着你，相信在对方眼里其余一切都是暂时的、无意义的消遣，这对一位病人来说是莫大的幸福：他会觉得，被他丢下的那段人生意识到了他的缺席；他无法构想新的未来；与过去突然决裂让他感到脆弱和痛苦，他希望在“不久的将来”，能更好地再续前缘。

我希望把昨晚的回忆留在心间，像护身符一样佩戴。闭上眼睛，让幻觉再次来临。就像在做梦一样：不要动。

我爱你。

特奈－欧特维尔！

我害怕。我不想下车。

我想躲在别人看不见的角落里。我想忘记自己。坐着这列火车继续远游，该是多么快乐！我徒劳地等待着偶然的指令：仿佛一切都在催促我出发。怎么办？现在得下车了，得去那幢凄凉的房子。但为何要这样？我感觉双腿在犹豫，几乎夹杂着快感，让人在明明只有一分钟时间做决定的时候，连动都动不了。我说着“我不要动，我不要动……”，直到最后一秒钟，才去完成那个犹犹豫豫不愿完成的动作，速度快到不可思议，惊慌失措地疯狂。我很勇敢；我下车了；我有条不紊地办完了所有的手续，想证明我是坚强的。有一个人在巴黎爱着我：我会回去的。天下着雨，薄雾笼罩；四点钟了，已近黄昏。在这个时刻，跟他一起待在一间小公寓里喝喝茶，该有多好。我们会聊聊小时候的事情。雨滴飘落，天色漆黑。我凝视着疗养院，提前承受着我即将在这里感受的所有痛苦。或许我不会那么痛苦。男男女女穿着睡衣，目光空洞，咳嗽不停；我觉得我又一次病倒了。我为什么要回来？我瘫倒在房间里的一张椅子上；一件沉重的，黏着烦恼、疾病与失望的大衣紧紧地贴着我的肩膀：我感到冷。我的美梦即将化为碎片。我再也听不到他的声音，他的爱将不再包裹着我。清晨，当白昼用一个梦将我们唤醒，我们会闭上眼睛不动，尽量还原梦里的场景，把它继续下去。可是晨曦摧毁了一切：话语失去了音色，动作不再有意义。就像一道消失的彩虹：某些色彩残留片刻，消失不见，仿佛重新出现，然后什么都不剩。我的美梦就这样消失了。真的有可能片甲不留吗？我愚蠢地重复着：离开这里……我试着去捕捉碎片，重温昨夜的美好。但那不过是个破碎的幻影。

明天我会给你写信，我不能再用“你”这个称呼，我会给你写信，但无法向你说出我在心里向你吐露的一切。你留在了人们可以活下去的地方，你能理解我变成了囚徒吗？我不知道该说什么了。我呆坐在这里，感觉到了一个冰冷但确定的事实，那就是人到了这里，就没有任何可能了：你不会继续爱我。

Et ainsi,
en niant que mon cœur
aime, je m'attache plus
que celui qui me dit:
je t'aime.

于是，虽然我否认自己心怀爱意，

但我的依恋却比那个对我说出

“我爱你”的人更深。

1930年12月10日

今天我收到了很多信：我把他的留到最后再读。或许里面有我期待的东西。

自我回来以后，他的信就让我感到失望和担忧：我真的觉得他不爱我了。我生病两年，时常缺席；而他在继续生活；我愿意相信他会等我：但他真的会等我吗？他会觉得事情是暂时的、不圆满的吗？他会等我回去，再让一切绽放吗？或许，他不会为消逝感到遗憾，相信等我回去以后，还会有更美好的事发生？

我的确笨拙；我不知道如何表达感情；一说出几个词，我就会嘲笑自己，也嘲笑对方，用一句挖苦话毁掉刚刚产生的印象。这是在怀疑自己；听到自己像其他人一样袒露真情实感，会觉得很奇怪。我听自己讲话，就像在听别人讲，觉得不真诚；我觉得词语里充斥着感情，变得陌生。然后我觉得人们会对我微微一笑，仿佛面对的是一个胡说八道的小女孩。不可能由我来说出：我爱您。如果别人信以为真，而我搞错了怎么办！于是我在话快要说完时绕起了圈子，似乎在说："您呢，您爱我，您也是这么跟我说的；但是我呢，从我爱别人的方式来判断，人们恐怕不会这样坠入爱河：其他人应该会比我更懂得爱，也更懂得表达爱。"我害怕有朝一日发现我不爱了，于是提前对自己的感情产生了怀疑，我害怕别人会指责我并非真心；于是我设想出了一千种猜测自己爱意褪去的场景。我确定我不会忠诚，于是，就算我已经对一个人说了我不再爱他，但为了避免惹他生气——或者哪怕只是想到这一点，我也不会让其他人陪我去剧院，或者亲吻我的指尖。于是，虽然我否认自己心怀爱意，但我的依恋却比那个对我说出“我爱你”的人更深。

我希望别人猜测我的心思，但别人只看到了绕圈子和讽刺。他应该也只看到了这些；我没有向他展示别的。我没有苛求他等我吧？可是，最近这些日子，他写给我的信里总是流露着嫉妒。他应该还爱着我。这封信可能是温情脉脉的。

“我结婚了……我们依然是朋友……”我不知道发生了什么。我动弹不得，感觉房间在绕着我转。我的肋骨在疼，或者再往下一点的地方，我感觉有人在用一把十分锋利的刀缓慢地割我的肉。顷刻之间，所有事情的价值都变了。就像一部静止不动的电影，尚未放映的部分，只剩下一些没有画面的胶片；在已经看到的胶片上，人物固定不动，如木偶一般；他们不再有意义。他们被自我充斥，被我的期待充斥；我不知道他们接下来会发生什么，但我把灵魂给了他们；仿佛什么事都不会再发生，随后的动作被清空，被破坏；我仿佛把自我给了一具僵硬的躯壳，它在嘲笑我的忧虑：我甚至无法指责它。最后一张感光胶片上初露雏形的动作让人痛苦；它写满了承诺：但实现承诺的却是空白胶片。

面对一种陌生的痛苦，你会更有抵抗的力气，因为不知道它的威力：你只能抗争，期待之后能更加饱满地生活。但如果事先知道，就只想举起双手高喊饶命，愚蠢而又疲惫地说："又来了！"你会提前知道要经历哪些痛苦的阶段，知道随之而来的只有空虚。

清晨醒来，当痛苦还没有那么强烈时，你会祈求上帝让你再睡一会儿。就像被棉絮包裹的肿瘤：你突然感到一阵剧痛。这是一幅小小的、清晰的画面，两天之前似乎还不会有什么危害；这是一个动作，一个目光，以前勉强引起过你的注意，在你的想象里，那是给其他女人的，让你的心在一阵痛苦的痉挛后停止跳动。这是一个悄悄构想的计划，目的是讨得"他"的欢心，但对方骤然的鬼脸证明了这毫无用处。在白天，或是在黑夜，有一些平静的时刻，你会惊异于自己毫无感觉；你窥伺着一句话，一个声音，或是一阵香气，它会让痛苦在顷刻间卷土重来。最微不足道的小事都会成为哭泣的借口；报纸上的一句蠢话，往日你读了只会耸耸肩，现在却把你扔进了怜悯的深渊。那个女孩，她是什么样的？人们觉得她浑身都是优点，看到他们两人在一起无比幸福，直至永远；在得知这个消息之前，我还觉得这幸福未免平庸。但如今我悲惨兮兮，想要羞怯地说出："我也可以让您幸福；您也是这么跟我说的。"我反抗，我诅咒，想要你得到报应。但报应不会来，或者来得太晚，已被遗忘。最好现在就来，因为我们残存的爱情会被唤醒，或许还会取得胜利。我们的爱情已经不会在"他的心里"激起波澜。但如果突然之间，"他"开始痛苦，就像我们因为对方而痛苦，或者"他"为我们感到遗憾，觉得为时已晚，那么我会很高兴地跑过去安慰他；爱情，一边抚慰着把它推开的人，一边抚慰着自己。

想到他不再需要我，我感到难受。

或许这所有的痛苦都是我臆想出来的，也就是说联想具体的画面，把感受夸大了？但是当我读到“我结婚了”，我没有联想到任何画面，我痛苦，只是痛苦，没有其他想法。

您自然会跟我谈到，您对我的“友谊”会变得更加纯洁，因为它剔除了欲望、嫉妒和期待。总得给些什么，于是人们想到了友谊，因为它是“爱情更为高贵的姐妹”，人们献出友谊，试图说明这友谊比之前献给我、但现在献给了别人的爱情更加美好。

您很会说服别人；别人只有遇到您这种情况，才会如此具有说服力。因为首先得说服自己，要先想一些巧妙的论据，用上效果最好的热情语调。等论证完以后，您就对自己的成功志得意满，而如果对方没有被说服，那只能说明她脾气太差。

您知道友谊是什么吗？您觉得这是一种更加温和的感情，只满足于残枝败叶和不得不给的小恩小惠？友谊，在我看来是一种更加强烈、更专一的爱……只是没那么“吵吵嚷嚷”。友谊也会经历嫉妒、等待、欲望……

您曾是我的朋友，您曾想娶我为妻；这应该需要很多的爱。

在我到达疗养院几天后收到的您的第一封信里，您写道：“我知道现在您病得很厉害。但您肯定不是因为迷恋别人才患上这种病的。”其他人不亏欠我任何东西，因为世界上所有的友谊，也包括您的友谊，其法则都是“付出，再付出”。我经常索取，但并不总是付出：我觉得您在疏远我，但我不该去别的地方寻找原因。

您给我写过爱情满满的信，也写过带着醋意的信；有天晚上您不开心，因为一位男性朋友打扰我们太久，您在最近的一封信里表达了这样的痛苦，说您无法让痛苦停止。然后就是：“我结婚了……我们依然是朋友。”我不能说您对我虚情假意，只是，您并非一夕之间就不爱我了。

您曾经称我为“我的大宝贝”；我曾是应该知晓一切的人，您曾是应该倾听一切的人。但是您没有说。不要告诉我这是我的错，我应该去问您。朋友应该主动吐露实情，不需要被询问。

将来，我们的友谊会是一件非常美妙的东西；我们在旅行时互寄明信片，新年互赠巧克力糖。我们去拜访对方；我们在计划实现时告知对方，想稍稍刺激对方，计划失败时又无法忍受对方的怜悯；我们声称我们是自己以为的样子，而不是实际的样子；我们说很多“谢谢”，“抱歉”，还有不假思索的客气话。我们将是朋友。您觉得有这个必要吗？

Et je l'aimais comme
s'il avait été
moi-même.

我爱着他，仿佛他就是我。

1930年12月14日

有些抒情歌曲，开头跟您的信里写的一样：“我曾经那么爱的您……”当现在仍近在耳畔回响，这逝去的时光却凄凉得如同宴会结束，灯光熄灭，只剩你一个人，看着情侣们消失在昏暗的街道。结束了：没有什么好等的了，但你还久久地留在那里，知道一切都不会再重来。你听到了吉他的音符，就像时而响起的副歌：“我可能不会给您幸福。”这是以前的一首老歌，如同一朵枯萎的花……往昔这么快就变成了旧物件？

幸福？这是一个哀怨的词。您呢，您就是幸福的化身，您对它进行鉴定，给它下定义。

我们真的能像您一样谈论幸福吗？

如果我们喜欢一种香味，就会尽力留住它，追寻它；我们不会任由自己陶醉其中，对它进行分析，渐渐沉浸其中，以至只能通过回忆，唤醒身体对它的感觉；当香味再次出现，我们会更缓慢、更轻柔地呼吸它，感受着最为微妙的气息。如果猛吸一口，难免感到头晕，留下不完整、不圆满的刺激感。或者会引发一种令人不适的窒息感，让人想要摆脱，从而自由呼吸，或者是一种过早结束的陶醉感，因为只有神经紧张的人会受影响。被搅得心神不宁，不知所措，这是一种幸福。但为意识保留一个小角落，让我们知道正在发生什么，并且因为知道，让所有聪明而理智的个体每时每刻都能有幸福的事情发生；为意识保留一个小角落，慢慢品味喜悦的全过程，直到它走向终结的最后一刻，这不也是一种幸福吗？保留一个波澜不惊的小角落，这个小角落会见证你感受到的喜悦。这个角落会回忆，它可以说：我当时很幸福，我知道为什么。我很愿意失去理智，但也愿意把握失去理智的那一刻，不断探索意识的边界，直至失去意识。不应该缺席自己的幸福。

留给自我的这个角落对您进行了评判和衡量；在这个过程中，我看到了您的缺点和不足；如果我留下来，接受这些缺点，爱上这些缺点，又有何不可？噢！男人啊，你总是希望别人崇拜你。你啊，你不会评判和衡量你爱的女人。你就在那里，你选择了她；你抓住了幸福，她似乎不再属于自己，她失去了所有的理智：你感到幸福。她向你大声喊出“我爱你”，你心满意足。你并不粗暴；你很温和，跟她对话，为她担心；你用温情脉脉的话安慰她，哄着她。

但是你不会评判她，因为你要她因你而幸福，并且告诉你，她因你而幸福。但如果你注意到两只眼睛正在注视你，然后微笑，你就会反抗。你感觉有人在“注视”自己，而你不喜欢被人注视：你只希望“存在”。你忧心忡忡地问：“你在想什么呢？”

我在想你。你的喉咙和牙齿间发出一阵轻笑，是我不喜欢的。你微微闭上眼睛，仿佛想要进入对谈者的灵魂，证明你看透了她。你嘴唇微微上翘，露出略显发黑的牙齿，脑袋整个往前伸。你在阐述刚刚发现的高明见解时，或者想出了什么办法、把别人以为的奇思妙想贬低为平庸之见时，就会摆出这副神态。你就像一个不愿任人摆布的小商贩。这时候我就会感到尴尬：你是在贬损自己。但是不能让别人注意到这个小怪癖，并评头品足一番，那样我就会充满恶意。在你声称不了解的领域，你有时会做出奇怪的评判。你在分析一幅画、一件音乐作品、一首诗时会说：这很容易。你似乎想坚持立场，但时而又在比你伟大的东西面前妥协；你很害怕附庸风雅，所以否认感受到的美。这我知道，我不喜欢。但如果别人含沙射影，质疑你的品味和智慧，我就会激烈反驳，仿佛受到了侮辱。你有一点自命不凡，你会偷偷照镜子，往里面心满意足地瞥上一眼，经过女人身边时你会挺直身子，盯着她看，但又假装满不在乎的样子；如果她也向您抛来一个媚眼，那肯定是因为觉得你很不错；如果别人跟你说起一位女性，你会打断他的话，问道："她漂亮吗？"我觉得你很好玩，想要微笑以示嘲讽。但愿别人不会说你"花心"；你的缺点是属于我的。我是在不断检视你的过程中，慢慢发现了这些缺点。你有这些怪癖，这让我痛苦，但我不想让你改正。我有时候会微笑着跟你说起它们。我不想惹你生气，也不想给你建议。我希望你清楚，我知道这些缺点，我希望你与其遮遮掩掩，倒不如把这些小瑕疵展现在我面前。我喜欢它们，它们是属于我的。其他人不会了解，正是因为这一点，我们才在这个世界之外产生了联结。没有什么东西比缺点和不足更有吸引力：我们通过缺点和不足，进入爱人的心灵，那颗常常因为效仿众人而被湮没的灵魂。这就像一张面孔。别人看到的只是一张面孔；我呢，我清楚地知道在哪一刻，你的鼻子曲线脱离了理想的轨迹，在不知不觉间断裂，勾勒出一个平平无奇的鼻子；我知道在那旁边，皮肤纹理粗糙，还长了黑点；我发现你眼睛上的斑点有时会让目光显得黯淡，你的嘴唇又厚了一毫米，不够优雅。但比起完美无暇，我们更想亲吻这些瑕疵，因为它们太可怜，因为它们造就了这张与众不同的面孔。

不要抱怨我对你的评判和衡量：我更了解你，但不会因此减少对你的爱。失去幸福的不是我，而是您。您本该在信里字斟句酌，写出这句："您很清楚，您不可能给我幸福，因为即便在我们最亲近的时刻，您也在心里保留了一个小角落……一个波澜不惊的角落……它会对我进行评判。"

况且，我评判的究竟是您，还是我自己？您很清楚，我自认我一直活着，我讽刺自己，中伤自己，嘲笑自己的冲劲和热情，自信丧失殆尽。所以我也无法再相信您。我没有安全感，尽管您那么爱我。您有很多女性朋友，我没有指责这一点；我希望您跟我聊一聊她们，好让我知道是什么把您吸引到了她们身边，而远离了我。但您几乎闭口不言。我以为您不爱我了，我不敢问您，虽然我那么想知道。我会因为一个眼神，一个词语，一阵沉默就担心不已。不过我还是说了“您是自由的”，因为我不希望你因为束缚而留下来，虽然我希望你能留下来。只是，我很清楚你不爱我了，所以不管我再怎么努力反抗和挽留，都显得愚蠢。努力是那么徒劳，所以哪怕只是想要去反抗，我都会嘲笑自己：“你嫉妒？哦，不，这可不像你干的事：什么也别说。你能得到的，只是一个微笑，还有几句苦涩的安慰……无论如何他很快就会离开，无影无踪……于是只好说：您是自由的。”

我努力在您之外，另寻一个小小的依靠，这样有朝一日您不爱我了，我还可以抓住它。这个小小的依靠，不是其他的什么人，不是一个梦，也不是一个画面。它就是您所说的我的自私和我的骄傲；在痛苦之中，我希望重新寻回的，是自我。我希望能抱紧自己，带着我的痛苦、我的怀疑和缺失的信仰，一个人待着。在困顿之中，因为还有感觉，所以我会有继续下去的力量。如果一切都变了，一切都让我痛苦，那么有我在，我依然可以保持自我。得让我确信我不再需要自己，才会失去自我。

您用了一个工整的复合句向我描绘您的未婚妻，句子的节奏跟您的感情发展相契合；句子缓缓拉长，然后渐渐走向尾声，最终无声无息地永远地结束了，没有力气走得更远：它留在了那里，永远留在了那里，就像您留在了她的身边。

如果我自命不凡，我就会觉得您还爱着我，只是出于义务，只是为了不伤害一个信任您的少女，才离开我娶了她。但是请您放心：我绝非自命不凡；只是这几个词让我觉得好笑："出于义务"，"害怕让她失望"。我想过，如果我是您的未婚妻，读到这句话我会很难过。我不希望别人娶我，是因为不想让我失望，不想在我面前暴露他的样子。这句半真半假的话，凌驾在一桩婚姻之上，会让我受到冒犯；我想我宁愿离开。但这只是我的看法。而您的未婚妻没读过这句话：她不知道“您是什么样的”。如果她知道，她或许会因为您向她的爱情致敬而高兴。一位多情的女性难道不会因为男人选择了她，作为对她全部爱情的回报而欣喜？您的感情因为模糊而幸福的感激之情变得更加醇厚，感激她让您幸福，虽然您配不上这份幸福，亦无以为报。这一切，再加上一点儿迷信，让我不免“咬牙切齿”；我不懂这是为什么，因为您说的那些话就像一首太愚蠢又太真实的歌，只属于爱着且被爱的人。我不是在自嘲。您在这句话里穷尽辞藻，表达的不过是您恋爱了，您爱上了一个与我截然不同的女人，您爱着她身上与我相反的一切，您在很久之前就爱上了她，但从来不愿意告诉我。

去年，在乡下，您到达后的第二天，我们爬到了半山坡；我们坐在长得很高的干草上俯瞰平原，我紧紧靠着您。我柔声细语，跟您谈起了您那位朋友；您没有回答。我坚持要问，语气有些生硬，您说自己身上的这一点是我不喜欢的，您不愿意展示给我看。您的目光飘向了远处；您做了一个手势，像一个不被理解的人；然后您看着我，目光里满是什么都不想说的优越感。您聊起了别的事。我沉默了；一抹愁云笼罩在与您重逢的喜悦之上。最近半年，我生病了，离您远了。您没有忘记我，但有那么一个人，让您眼里的我不再是我。您指责我的性格，我的品位……您的立场也是我不喜欢的：我隐约觉得，您心里想着一个与我截然不同的人，您在不停地比较。您对我抱有成见；您在我的话语、我的动作里，窥探着让人联想到那些成见的一切，不管那是否是我的本意。您觉得我斤斤计较、自私自利、喜欢苛责……

我不再对您说您搞错了，因为您就像那些自高自大的人一样，只会说“这不是真的”，在别人笑着抗议时报以嘲笑，因为那种人觉得任何事情都无法动摇“他的真理”。您以前觉得愚蠢的事，现在却表示赞成；以前的内心所想，现在却被您推翻。您似乎是想杀死您心目中的我。您指责我有什么缺点，您发现我有什么优点，对我来说都不重要了：您不愿意看到我本来的样子；看到自己就这样被毁灭，我只能哭泣。

您跟我解释了，您如何感激一个“没有权利也没有要求”的女人给予您的爱。

如果您想把整整一天都花在往水里吐唾沫上，那么爱着您的女人也会整整一天待在那里，什么也不说，只是看着唾沫在水里激起涟漪：她会很幸福，因为您喜欢这项娱乐。如果您每天都想往水里吐唾沫，那么这个女人也会每天都待在那里，看着你吐。您还说，我就不会待在那里。我得承认，我确实不会。我的力气首先要花在睡觉上，然后得做点自己的事；如果做不到，我也会忍不住告诉您，您真愚蠢，您还不如来亲吻我。然后我会走到您的旁边，也往水里吐唾沫，这样我就跟您做同样的事，还要发明一些游戏，看谁吐的唾沫泛起的涟漪最大或最小。您真的会待在我身边，看着我往水里吐唾沫吗？

在科西嘉岛，我长途跋涉，在丛林里的灌木间穿行，然后走上了一条树木不多的路。我握着马缰绳；马的脑袋比我的高；我勉强能在两棵野草莓树中间露出头，粉色的芍药握在胸前。我真希望您也在，那样您就可以闻闻丛林里植物的香味；您就会明白我为何时常喜欢荒野；您就可以像我一样单纯而野性，我们就会相爱。我把马紧紧抱在怀里，把芍药都压坏了。我喜欢的东西，别人都不会喜欢。

夜晚，我乘坐威尼斯的贡多拉，沿着臭烘烘的河道行进，靠近那些死寂而凄凉的宫殿时，三色灯笼下响起嘶哑的《我的太阳》，想到我孤身一人，想到您不愿与我一同被这凄惨的美景打动，我流下了眼泪。

在高山上，我像在梦里一般，从白雪覆盖的陡坡上滑下来，我想把这美妙的景象留在心间，等我回到您身边时，就可以讲给您听听；我搜寻着情真意切的词语，想让您也感受到我的喜悦，让您也想跟我一起来。但很快您就不再听我讲话，摆出一副闷闷不乐的样子。

我想带您去看舞蹈，去听精彩绝伦的音乐会。我最大的愿望，莫过于让您开心，看到您感动，我会幸福不已。但是您不愿意陪我，您不想再来找我。

不管我走到哪里，您都在我心里。我把您的位置摆在我的感情之前。我伤心是因为您不在身边。我努力记住所有细枝末节，想尽量原原本本地讲给您听。您从来没有感受到我努力让您体会这些感受时的热情？我觉得您一直在我心里，这样您就可以体会我的感受，您不在身边的时候，我不会有任何事发生：眼睛里闪烁的光芒，跳舞时的姿态……如果您不在身边，我却感受到了无比的喜悦，我就会急不可耐。胜利填满了我的心，因为我可以说给您听；烦恼也变得轻飘飘的，因为我可以讲给您听。我想去做更多的事，做越来越多的事，向您展现我日益丰盈的经历。

夜晚，我总是行色匆匆地走过巴黎的街道，什么也顾不上，试着去爱您爱的东西。我羞怯地挽起您的手，跟街上的其他情侣一样；我像您一样带着好奇心去感受，我喜欢薄雾的味道、擦肩而过的人群、轻佻少女的叽叽喳喳。在昏暗的街道上，厌恶一切公开表露的我，回应着您不怎么“舒适”但温和的吻——您喜欢这样的吻，我感到快乐，一种不该有的快乐。炎热的夏日午后，我们在我的小卧室的沙发上唱起抒情歌，是十年前的那种舞曲；歌词总是不能达意，我也不是个容易动情的人；但在您身边，因为您的心灵比我的更加“多愁善感”，我任由自己沉浸在舞曲单调的旋律里，想起了被这首展现人类柔情的朴素歌曲所打动、所俘获的人们。这支“梦想的探戈舞曲、爱情的探戈舞曲”让我与您之间的距离又近了一点……我想去读您读过的书，看您看过的东西……但您只是匆匆说了几句话，似乎是说那些东西不适合我。

有人在我身边谈论爱情时，我就会想起您的爱，就会微笑；有人说到“男人”，说到他们给“女人”造成的伤害时，我也会微笑，因为我觉得您不是那种“男人”。

但这不是因为爱您，是因为我还想丰富自己，因为我不愿毁灭自己变成别人喜欢的样子，不想再去提升自己，只是沉浸在爱人幼稚的爱慕里，任由他摆布。

一个男人打算与爱慕多时的女人结合时，却常常被道德和社会准则困扰，真是奇怪。他爱这个女人，是因为她勇敢、独立、见解独到；但如果他想娶她，出于控制欲和自尊心的本能，再加上担心流言蜚语，他就会将勇气看作叛逆，将独立看作高傲和坏脾气，将见解独到看作自私和苛刻。需要指出，生活是由日常琐事构成的，为此我们不得不屈服，培养一种普通的“心态”。最好提前明确每个人的角色，因为这不是耍孩子气的时候。在妻子眼里，丈夫应该是备受尊敬的、深情款款的；他会用温柔的声音说不要去这里，或者不要去那里，要这样行事，而不能那样行事，因为所有人都习惯如此；妻子会说“是，亲爱的”；当她跟女友们在一起时，只听见她也加入了骄傲地重复着“我的丈夫”的合唱。她说出这个词时充满无上的欣喜，惊异于自己也变成可以说出“我的丈夫”的精英了。每个女孩都要争先恐后添油加醋地讲述“丈夫”做了什么，“丈夫”说了什么；她们心满意足地吐露着“丈夫”的深情或指责，仿佛这些都是献给年轻女孩的珍宝。每提出一个问题，或者谈到什么话题，肯定会听到“我要问问我丈夫”，或者“我丈夫告诉我……”。就在写下这些话时，我听到一群年轻漂亮的女孩正在旁边的露台上兴致勃勃地讨论。我不明白她们在说什么;但我清晰地分辨出了“我的丈夫”,如同频频出现的副歌;在我散步或午餐时,如果我在她们谈话时偶尔听到几个词,那肯定是“我的丈夫”。真的只能变成这样吗?只能附和丈夫的想法吗?别人可能要笑我了,觉得我是出于气恼才嘲笑别人。不过,我真的烦透了那些谈论自己丈夫的女人!

您信里的很多句子,唤醒了我这些“女权主义”的想法。您是故意不明白我为什么要求您归还我的照片吗?我并非自命不凡,觉得这些照片会让您想起我,给您的新生活带来尴尬:日复一日的生活,很快就会将旧事物的生命力消耗殆尽。我亦不愿重复情侣分手时的惯常举动。我可以把过去的一切都留给您,因为它们既没有了意义,也不再重要。只是,我想到了您的妻子。您没有跟她谈到过我，这我理解；但这样您就不该保留我的任何东西：这是一个尴尬的秘密，可能会被她发现。如果您跟她谈到我，或许会用以前您跟我谈起您爱过的其他女人的语气，想到这一点我就不舒服。其中有一位，您谈到她是为了解释你们为什么要分手："我受够了。"您目光冷峻；声音变得沙哑、模糊，从喉咙深处传来；有那么一会儿，您的目光在盯着远处。这是一个无可挽回的理由；人们吃饱了饭，离开餐桌时，也会这么说[1]：坚持下去是错误。几秒钟之后，您揉了很长时间的眼睛，又从心底叹息道："她结婚了，我衷心祝愿她无比幸福。"我不知道人们为什么会那么看重一位朋友今后如何评价自己。是出于骄傲？

[1] "我受够了"，也可以理解为"我吃饱了"。——译注，下同。

谁都想被人另眼相待。所以眼下我宁愿相信，您永远不会谈起我。但我的照片可能会被您妻子发现。您要说，如果这种发现会造成什么痛苦，您会来“负责”。但我不希望您“负责”。我感到我强烈的女性自尊心受到了冒犯。我想象得到您会安慰她：您会变得柔软很多，温存很多，殷切很多；一番抚慰之后，她不再问东问西：您会“摆平”此事。您感觉不到这是多么耻辱，又会造成多少怨恨吗？我不希望您因为我去安慰她。

您为什么要问我：“有没有这样一个男人，您就是为了他而存在的？”人们对一个女人说“那个男人，您是为了他而存在的”，却对一个男人说“那个女人，是为了您而存在的”；有没有这种情况：“那个女人，您就是为了她而存在的？”对男人来说，似乎一切都是供他享用的……甚至在世界的某个地方，有一个适合他的女人，在他出生前就注定要与他结合。这些词语——“您是为了他而存在的”——限定了两人的匹配，只能乖乖服从，一个女人的幸福全依赖于此。这是件奇怪的事：女人是为了男人而存在的，幸福会走向女人。男人可以拥有幸福吗？还是说感受到为了他而存在的女人的顺从，这就是他的幸福？男人在抚摸一只漂亮的暹罗猫时，会想知道这只动物清亮的眼睛在表达什么吗？或者他只是在想只有抚摸才能打动这只动物？

我觉得命中注定的结合这个想法很美妙。我记得，一则日本传说声称，在人出生时，月亮会用一条红丝带把将来要结合的男女的脚系在一起。在生活中，这条丝带是看不见的，但是这两个人会互相寻找，如果找到了，那么属于他们的幸福就会降临大地；也有找不到的人，那么他们的生活就会充满忧虑，凄惨地死去：对他们而言，幸福只能在另一个世界开始，那时他们会看到红丝带系住的是谁。我不知道我能不能在这个世界上找到系住我的丝带；我觉得这个传说跟所有的传说一样，给了我们诗意的安慰。那个你为之而存在的男人，不就是让你接受自己是为他而存在的人吗？对我来说，那个男人本来可以是您。

在您的信里，我常常觉得您想用文字推理、故作谦卑、借口，或者类似的东西，来掩盖信里唯一简单的事实。其中有些很有趣。

“您或许是对的，这我知道……但如果您搞错了，谁知道会发生什么？”

您的第一句话就是这么结尾的。我不禁想到了那句出了名的话：“如果大家都这么做，会发生什么？”我们不知道说什么的时候，才会用这句话；说的时候，还要稍稍抬抬眼看着天空，请上天作证，仿佛提出了颇有价值的论据。如果不该不信任您，或者我最终开始信任您，那就好了……或者事情按照以前的样子继续：我不信任您，但您还爱着我……

为何如此谦卑？“我知道，您可能会觉得我写得有些矛盾……站不住脚。”

在您刚刚向我流露的感情里，我找不到任

何矛盾之处。但您是这种人：在陈述完所有的理由之后（您所说的一切都是清楚的、决定性的、无可辩驳的），您会朝对话者俯下身，盯着他，情绪激动，为了让对方赞同您的话，不惜暴露逻辑漏洞。之后，您再重建秩序，表现出逻辑性。此外还请注意，揭开外表，指责我缺乏逻辑的人是您。在您歌颂感情时，我却不得不沿着奇怪的方向进行痛苦的推理，才能不去理解您，并试着谈谈我的"看法"。或许我只要在遇到"友谊"这个词时停下来，就会微笑着发现您现在经常对我用这个词。以前我羞怯地用"友谊"的时候，您会激情澎湃地回复"爱情"。如今就算我表现出一点点爱意，您就会惊讶不已，表示"一刻也不要怀疑我现在的感情"。

这句话——"我一刻也不会怀疑"——提

供了人们想要的一切，因为它让人预感到这并不重要，因为接下来的话会是“但是……我很遗憾……”。当人们下定决心……或是理由坚定，就会充满力量地保证：“我们一刻也不会怀疑。”您在过去寻找一句话，我似乎是想用那句话告诉您，我不爱您了：“您总是跟我说，您爱的是我身上像‘宝贝’的一面，您并没有对我隐瞒的是，宝贝已经不在了。”您用这句话为自己辩护，但不愿回想您当时并没有接受这句话。如今，您欢喜地接受了，因为您可以借此摆脱不忠的指控。我可以反过来对您说：“您经常对我说，您会等我的……您没有对我说，您不再等我了。”

懂得如此全身而退，是一门艺术；您那句“您没有向我隐瞒”，跟“我一刻也不会怀疑”完美地一致：我仿佛看到了一个把不愿意谈的生意推开的小商贩。

“宝贝”是个面色苍白、身穿黑衣的年轻小伙子。他漂亮的头发闪着蓝色的光泽，大眼镜后面的棕色小眼睛目光坚定地观察着。眼睛想要咄咄逼人，实际上却是害羞的，想要出卖自己。宝贝似乎不属于一个“世界”。他好像被推到了所有群体之外。他有很多体系和理论；但随着光阴流逝，其中一些会消失，新的会迅速产生：仿佛他从来没有过这些东西。他保留了所有的偏见，但似乎又丝毫不重视它们：他保留这些偏见，只是为了能够去理解那些仍然根据偏见行事的人，以及早已摆脱偏见的人。

他不认识我，也不认识我的任何一位朋友：他心里没有我的任何画像，所以不会尊重我；而且，由于他不属于一个“世界”，他心里没有任何女性类型的画像，跟我的做比较。我想马上跟他聊聊。一直以来我都想找一个能在他面前展示我的生活影像的人。难道不是所有人都有这个缺点吗？我自言自语，但有时这种独白的严苛让我感到疲惫；有一个会怜悯、会赞同、会倾听的知心人，会容易很多；我们变得重要；我们说的话变得具体可感，组成了一个我们在其中扮演角色的虚构世界。我们尊重绝对真理到了何种程度？然后这些小小的虚构世界被剥离了痛苦。痛苦凝结起来，成为灵魂之外的实体。我时而需要这种便利。为了保持我的完整，我将自己紧绷；但为了消除我的怀疑，我想在讲述完我的一生之后，剔除其中的奇闻逸事：它会一下子呈现在我的面前。我需要一个替身。

我喜欢这个穿黑衣、目光坦率的年轻小伙子；我叫他“宝贝”，每天都会跟他说话。我事无巨细地向他讲述我的每一分钟，今后当他不在的时候，我仍会压低声音跟他说话。每一件事，只有在我向他展示了以后，才真正具有价值，才有滋有味：并不是说我把他当成了向导，而是说他是我采取行动和再次行动的出发点。我爱着他，仿佛他就是我。我想好好地宠爱他；他对我来说十分珍贵，我害怕失去他。

可是有一天，我感觉宝贝不在了。他不再穿着黑衣；他进入了一个“环境”，不再理解与其保持距离的人。如果别人因为一点小事而惹恼他，他就会高声叫喊；他的理念，从此也固定下来了，那就是平庸地生活，以获得幸福。他不想再追随我。我的故事只会让他耸耸肩。宝贝死了，而这是我爱的宝贝。但他留下的部分跟他那么相似，所以幻觉依然存在，我没有放弃。人们不会因为替身突然消失，就在瞬间与其分离。人们捕捉着他的形象，他的回忆，希望自己搞错了；我觉得他没有死，等我好些以后，他会回来的。他会不会把我告诉他的一切都丢掉了？

您觉得我对您产生了“不良”影响。如今您又重提这种影响，觉得这是我们友谊的凭证。为什么？我给您讲过的故事，我可能对您产生的影响，都不复存在。我们改变了让它们存活下去的那两个生命的基调……让我痛苦的，不仅仅是一段爱情的消逝，更是我们共同创造的，或者也可能是我独自创造的那个真实活着的生命的死亡……这个生命是您和我的结合，是我们彼此都想要的样子。他代表着我所需要的您；不是您声称的我本人的一位崇拜者，而是一个爱我的男人；他出于这份爱，对我的一切都感兴趣；在他面前，我可以展现我所有的优点和缺点；我可以任由自己走向混乱……所有的直觉都会以话语和喊叫的形式，投入这场抒情性的、出乎意料的混乱，从而使得灵魂走上确定的方向，找到路，并继续下去。据我想象，任何放纵都无法扰乱您的爱情和您的信心。

然后，在创造出来的这个生命身上，还有一个神秘的女人，就是您眼里的我。我不知道您在我身边找到了怎样的生活：幸福、喜悦、忧虑、烦恼……这么多问题！我不会回答。有时候，我自认不可或缺，另一些时候，我自认是一场意外。我有信心满满的瞬间，也有忧愁烦恼的时刻。我不该去弄清楚我对您来说意味着什么，就像您也不该弄清楚您对我来说意味着什么。只要我们还在担心我们不清楚自己在对方眼里是何种形象，我们之间的吸引力就会一直存在。是谁打破了这种吸引力？我们以为自己在对方眼里的形象已经固定下来，于是也把对方的形象固定了下来。这就是我们分开的原因吗?

哦！不要觉得我曾经将您视作“不得已的选择”。再次故作谦卑，或者把您当成“目标”，都没有什么用。我会忍不住觉得，您这么说话就是为了故作谦卑。有那么几个月，您觉得您很接近我可能会喜欢的男人。您知道屈服不是我这个人的本质；我有时一副弃世的样子，但我总在思考某种方式来“扭转”这种态度。爱的痛苦没有让我到达必须得选一个人的地步；而即使我真的这么做，我也不懂为什么我会想到您；您的背叛——如果我可以这么说的话，给我带来的痛苦并没有看上去那么深刻：我宁愿重新选择另一个目标。您难道不也是这样，即便是在您想要抹去自己的影子时，又确确实实有些自命不凡，不愿放弃？

您从我的冲动和我的选择里，看到了我没有的意图。我觉得我在爱情方面斡旋得来的惨淡结果，证明了我并没有经常自问我的爱是否正确。也有可能，您对我来说确实只是个不得已的选择，但我并不是这样看待您的。我开始感觉到，您为我保留了一个特别的位置。然而，您的智力并不能更好地理解我，或许还不如以前；您的爱无法做到更加微妙；您的忠诚无法散发更多的光芒；您身上的一切或许都是平庸的。但我偏爱您的一切。为什么？

这种偏爱，您将其解释为我只想爱您；您之所以被我吸引，是因为想要征服我。

然而，在以前，您的爱，是这种“完全征服我的欲望”，再加上比例大得多的忠诚、深情和绵绵不断的思念……总之要加上这些揉在一起、混杂在一起的感情，才形成了人们所谓的爱情。如今这份爱只由一个小小的要素构成，那就是最纤弱的、最没有创造力的“征服欲”，您鼓吹这种欲望，让它填满了所有的空洞。爱，对一个人来说是征服，对另一个人则是顺从……其余的一切只能冠之以含糊的友谊、深情和忠诚之名？我是该怀疑爱情，还是怀疑您？幸运的是，在我们之间，并不止这些；还有另外一些东西，我称之为爱情。

在您提到的这个悲惨的十月，我被另一个人带给我的痛苦击垮了。我似乎是抛开了许多更合适的人，不由自主地选择了您，请求您给予我忘记和欢笑的力气。我请求您听我谈谈另一个人；您在的时候我为他感到惋惜，我几乎要怨恨您为什么不是他了。您的爱谨慎，执拗，不掺杂私心，或许堪称英勇，战胜了我的顽固。既然您这么爱我，我不可能傻傻地说一切都令人绝望。

我充满甜蜜——这似乎就是爱情的甜蜜，因为看到您爱我，而且我也待在您身边。不要分析这种回忆：我只能把它看作爱情。

对我来说，我说不清是何种感情促使我去凡尔赛看您：是爱情？是男性的友谊？……是的，我完全不知道该把这一切称作什么，它让我无比困惑，而这种困惑通常是很年轻的情侣们才会有的。我一周只去巴黎一天；这一天的重点就是跟您见面。为了跟您待上一刻钟，我得坐整整一个下午的出租车去您的“学院”。见到您之前，我心情的基调是兴奋不已；在离开您的时候，是期待结束后的沮丧。我在十二点到一点之间见到了您。十一点钟我喝了一点儿茶，两点钟吃午饭的时候我并不饿，似乎有一颗球在我喉咙里上上下下。出租车太慢了，“路障”让人精疲力竭；在圣克卢门站，我不知该坐哪班有轨电车：我想坐第一班；我跑去追其中一班，然后又去追另一班……每当我转过身去时，之前的那班就出发了。因为不耐烦，我提前一站下了车，当我决定耐心等待时又坐过了站，等了那么久的那一站。于是我又赶紧跑，担心会迟到几分钟；后来我又停下来，因为我早到了二十分钟。我想我最后总会迟到的。我给您带了巧克力糖。我们坐在一个昏暗的小客厅里的两张硬椅子上。角落里一直有个矮个子的安南人在给地板打蜡。他没有发出声音……但我们突然瞥到了他。他让我们很尴尬。他蠢蠢地看着我们。他明白了吗？他走了。我们靠着对方，紧张，又有些担心，害怕听到有人开门。您不敢吻我。我想打扮漂亮，选了您可能会喜欢的裙子。我们下楼时，您的同事们看着我，向您投去赞美的目光。我觉得很好玩。真幼稚。您很高兴。

爱情，游戏，忠贞……这正是这段时间以来我始终对您抱有的感情。为什么您会要求"重新找到"它？您已经不再见它，因为既然您放开了我，您就不该再见它了。现在您又重新稳定下来了……不过，您可以要求我表现得像您还爱我的那段时间一样，但不会对您新的恋情造成威胁，让您对自己的看法产生后悔。您不再用"爱"这个词；您用的是"友谊"；但这个新词也包含着同样的东西；你要求的正是爱，但这份爱只要存在就够了，它仅仅意味着仁慈和放弃。

只是您曾在那么长的时间里，要求我的心给予您完完全全的爱，这份爱会付出并要求心灵之爱和身体之爱……所以我觉得很难挥挥手就抹去这些我拥有、我热爱和我想要的意愿和欲望。您想要的只是仁慈；您真的觉得否认其余的就能让爱不存在吗？

为了成为您心目中神圣的女人，回首时没有悔恨也没有遗憾，我应该为您保存这份爱，在您无所事事时等您好心地帮我一些小忙。这些小忙，我可以求助别人的，可以不用请您，如果说是我的懒惰催促我向您开口，这些小忙却在很长一段时间里，成了您向我表达忠心的唯一标志。我很犹豫要不要请求您，有时候会后悔跟您开了口。我觉察到，如果我的请求在某种程度上打扰了您已经习惯的日程安排，您就会脾气很差，会拒绝；如果做这件事的同时又不会打乱您的生活秩序，您才会帮我。但现在您殷勤多了，目的是想向我证明您的友谊。我没有忘记那句"如果时机合适……"，但对我来说这并不是友谊的标志。友谊只存在于一个事实，那就是有那么一个人，我可以时时刻刻向他说出我的想法，他会像我一样感受我的喜悦或烦恼。我不觉得我会滥用友谊；但我似乎也可以自私一点。对于一个朋友，我应该向他要求更多，而永远不用害怕惹他不高兴。这种友谊，您已经很久不能给我了。

因此"我心里这块小小的位置"，我不能再为您留着了。出于某种恋人的幼稚，我曾经向您承诺我会永远为您保留一份真挚的爱，哪怕我会热烈地爱上别人。现在要结婚的人不是我；在我心里，您的形象占据了所有的位置；要想让我不痛苦，您需要离开，这样有一天有人在我面前说出您的名字时，才会像一阵微风吹过，不会泛起任何波澜。我希望能抹除记忆，因为我需要安宁；您呢，您拥有了幸福，我的一丁点爱意对您毫无用处。

是的，很晚了；我刚刚关上灯，让夜的清辉进入房间。

我盖着皮草，感受着被单之间的温暖和柔软；窗户四敞大开，外面是二十度[1]的低温。

室外白雪皑皑；雪令人窒息的宁静笼罩天地，等待着一个启示，而我们只知道，一想到它要来临，心就会跳得更加欢快。通过打开的窗户传上来连续不断的咳嗽声，劈斩着黑夜；走廊里，还回响着其他人的咳嗽声。咳嗽，永不停息的咳嗽，消失在冰冷的夜里。其中有个声音来自那个我们从来没见过的女人：整整一夜，不知疲倦，无休无止，这咳嗽像

[1] 此处应为华氏温度，约合零下 6.67℃。

风干的木材一样咔咔作响；在她香消玉殒之前，我们还要听上多少天？她的身体还没有耗尽，所以第二日的晨曦还不会把她带走。刚才那个捂着嘴里渗出来的血与我们告别的男孩，他的房间里传来一阵深沉又湿润的咳嗽声：每一次打嗝都会带出血……什么时候人们才会解脱，知道血不会再流？听到隔壁的女病人低声的咳嗽，我感到心安：我不是唯一醒着的人。我呢，我也咳嗽作为回应，以检查我肺部的情况。我会感受到这种破风箱一样的空洞与空虚吗？或者是一条小裂缝，让人觉得一块碎片被扯下来了？或者是这种充斥整个空间的回声，让人以为一切都被修补好了？这么多夜里的咳嗽声！这是一首赞歌吗？它要去哪里？

我孤独，但今天并没有更加孤独；或许还要好一些。今天晚上，我知道一切都碎了，几乎感到轻松。我可以重新行动，不用被打断，沮丧地希望事情可以像以前一样重来。我希望忘记，然后继续前行，不再向您投去目光。过去即将死亡。漫长的几个月以来，我在不知情的情况下抗争着，让它不要死去。我怀着愤怒、忧愁和爱，抓着过去，抓着您……我希望一切继续，永恒不变……我每天都会说：明天会跟以前一样。这个“明天”并没有到来。昨天我还在等待；今天我没有什么好等的了。我应该会更加孤独；被剥夺了爱情的心快要支撑不下去了，一想到空虚的日子即将到来，这种空洞感就让我头晕。您走了，但我还在，比起过去那些寻找您的日子，我没有那么孤独了。我又活过来了，我要与我自己一同抗争，继续下去。

我知道“您旧日的友谊”是不夹杂私心的，或许有一天我会需要它。但我不会再想着它了。

安安静静地守着您的幸福吧，别再担心我了。今天晚上，您的心听不到咳嗽声在冰冷的夜里渐次增强。在巴黎遇到送葬的队列，您或许会脱帽致敬；在这里我们会躲起来，从墓地旁边经过时几乎都要扭过头。或许在明天，在我们强颜欢笑和跳舞时，会觉察到什么声音从远处传来，是人们在为一个垂死的人哭泣。那个人是得了我这种病死的；日子一天天过去，为什么我逃脱了这种命运？挤在这个世界的角落里，我们会自问："轮到谁了？"在这里，在每个人都在与末日斗争，企图逃脱恐慌的空虚时日里，我们感受到了人类的全部苦难，它在高喊："为什么？为什么？"

如果我让您感受到了这种苦难，您一定会赶紧忘记它；为了让自己安心，您会跟所有健康的人一样评价人类的苦难之地：它并没有人们说的那么可怕。我什么也不会跟您说。但请留我独自一人：您不可能再跟我在一起。让我受苦，让我治愈，让我独自一人。不要觉得把友谊献给我替代爱情，是对我的安慰；有一天等我不再痛苦，或许会是安慰。但我仍在痛苦，而当我痛苦的时候，我会头也不回地走远。不要让我转过头去看您，不要远远地陪着我。请留我独自一人。

Laissez-moi souffrir,
laissez-moi guérir,
laissez-moi seule.

让我受苦，让我治愈，让我独自一人。

1930年12月24日

我知道今天会收到您的信，正如我知道一个星期后还会收到您的新年祝福。我把这封信揉成团，扔进了垃圾桶。我感到无比轻松。

可是，我完全无法说它的坏话；我应该给您写信，向您表示感谢，确认我把您当朋友，作为对您的回应：但是我不能。您的信很漂亮；我的态度或许显得小气了……但是没有什么信能伤我更深，没有什么信能让我更激烈地反抗，让我远离您。

我不会给您写信，因为我想忘记您。每一个写有您的字迹的信封对我来说都是一场苦难；我要写给您的每一句话都是一种抗争；我再也不能跟您说些场面话，回忆我过去的爱情就会受伤；我会想去了解您的生活，我会痛苦：我不想这样。

我不会给您写信，因为您对事情的安排冒犯到了我。让我感到耻辱的，并不是您结婚了。我自认为对您来说，我是一个比任何男人、情妇或妻子都更贴心的朋友。我觉得我们之间的深情实属罕见，因此您完全可以慢慢向我吐露，您心里有另一段爱情在生长。然而您的表现跟其他人一样。您寻找我的缺点，除了缺点一概不谈；您需要确认您有理由不再爱我？您决定了要结婚，然后通知了我；而为了告诉我这个消息，您忘掉我的缺点去回忆我的优点，想祈求我继续爱您。而我呢，您很清楚——在过去长达几个月的时间里，您曾多次向我重申，我在本质上就是一个自私自利的人，而且脾气不好:在您眼里,我不需要装成其他样子。为了我,单单为了我，我最好干干净净地结束我们的关系：我现在想要的东西，您完全无法给我。

您今天早上的信，正是我需要的。我快要忘记我感受到的痛苦了；我想要“重来”；我的爱编造借口，故意闭上眼睛，让我用所有爱情破碎后的藕断丝连欺骗自己，并满足于此。我们还在等待一封信；我们希望在一次拜访中寻回昔日的幻想；门打开的时候心还会跳；握手带来的情绪如同过去的亲吻；小心翼翼地保留着他送的玫瑰；平庸的赞美成了遗憾。然后魔力消失，我们很清楚这些都是假的。柔软的藤条紧紧攀附，留在消逝的过去，让我们没有力气行动，没有力气活下去。

如果我不爱您了，我可以再跟您见面；等我不爱您了,我或许会跟您见面;但现在我不想。

我不想要您爱的话语，因为那已不再是爱的话语。今晚我不想沉浸在您温存的嗓音里，因为您伤害了我。如果有人想留住一只被他伤害的猫，它会抓人并逃跑；别试图挽留我。

我不喜欢您的安慰，我不喜欢您的祝福，我不喜欢您把我想象成一个不幸的人，而您有一封信里的词语在竭力证明您了解我的痛苦，您感觉就在我身边。您已经不知道在我身边是什么感觉了。我对“您的深情”报以微笑；“宝贝”的形象出现在我眼前，表情是愤怒和痛苦的：那时候您爱着我，我也告诉您，我对您一往情深。您祝我幸福，我觉得您会试图好心地为我寻找一位丈夫或一个情人，让他来抚慰我。

您觉得我的圣诞会很凄惨，想要安慰我。噢！不，我不想要您的抚慰，除非我想要那样，否则圣诞绝不会过得凄惨。我把您的信揉皱，相信我解脱了。凭借这个动作，我摆脱了您的抚慰，摆脱了在过去沉睡的困境。我又重新变得斗志昂扬，准备好勇敢直视没有您的人生；没有了您或许会更美好：这是一段全新的生活……记录下来的总归是同样的东西；不会变得更好……又要继续等待。但在您身边，沉浸在已经消逝的生活假象里，又有什么用呢？这将是一种没有信仰的宗教；我需要另一种信仰：您的存在会妨碍我找到它。我会变得快乐；您不需要安慰我。圣诞节啊！

今天晚上有舞会。餐厅装饰着鲜艳的彩旗。一群病人围坐在一张点缀着鲜花的大桌子边，尽量按照外表的相似度两两组成一对。我们跳舞，直到深夜。我很开心。我觉得昔日的一丝疯狂、一丝幻想又回来了。我看着自己活动起来；我预想着这种正常生活可能会导致什么后果……但我要玩。谁知道,或许疾病也会暂停！它应该也会时不时地休息一下，过过周末，过过节日……在这些日子里，我们就可能会像以前一样活着。明天，我们会继续病人严苛的生活：要抗争。但今天晚上大声笑笑也好，与此同时，感觉肺要爆炸的隐忧也令人惊奇地消失了；喝点让脸颊燃烧的香槟也好；会有点充血，但我们别去想它：今天晚上不可能咳血。跳舞是多么美好！我们可以站着，可以起身，可以活力满满地坐下。怀着近乎虔诚的幸福，身体柔软地弯曲，靠在舞伴身上，灵巧地放松自己，配合着另一个身体的移动，紧跟着他，像影子一样忠心又轻盈。当身体随着节奏移动，另一种生活开始了；世界都为之改变，把胸膛中央这个地方当成了它的中心，这里似乎汇聚了所有乐器洪亮的旋律，还有脚踝轻柔的舞动。

舞蹈，是最快乐的生活节奏；在我们觉得不能再舞蹈的时候起舞吧，这就是赢得了一场胜利。

微微沉醉在这样的节奏里，我慢慢上楼来到我的门前，今晚的舞伴陪伴着我，虽然明天他就会忘记这个夜晚；在一个无言的吻之后，我们告别。

“每一个写有您的字迹的信封对我来说都是一场苦难，

我要写给您的每一句话都是一种抗争。”

——玛塞勒·索瓦若

一頁 folio

始于一页，抵达世界

Humanities · History · Literature · Arts

出品人　范新

监制策划　恰恰　山川

特约编辑　苏骏

营销编辑　张延

版权总监　吴攀君

印制总监　刘玲玲

装帧设计　山川

内文制作　山川

Folio (Beijing) Culture & Media Co., Ltd.

Bldg. 16-C, Jingyuan Art Center,

Chaoyang, Beijing, China 100124

官方微博：@一頁 folio ｜官方豆瓣：一頁

媒体联络：zy@foliobook.com.cn

一頁 folio

微信公众号